Le rôdeur

Pierre Labrie
Jonathan Reynolds

ANDARA

Catalogage avant publication de Bibliothèque et Archives
nationales du Québec et Bibliothèque et Archives Canada

Labrie, Pierre, 1972-

Le rôdeur

(Sur la route)

ISBN 978-2-92414-637-8

I. Reynolds, Jonathan, 1980— . II. Titre. III. Collection: Sur
la route.

PS8573.A272R62 2014C843'.6C2013-942195-5
PS9573.A272R62 2014

Auteurs: **Pierre Labrie** et **Jonathan Reynolds**
Œuvre en couverture: Éric Gélinas, Hangar 80 (2013),
Sony A99, 70-300mm série G.
http://www.myspace.com/ericgelinas
Conception graphique: Mika

Dépôt légal – Bibliothèque et Archives nationales du Québec,
1er trimestre 2014

ISBN 978-2-92414-637-8

Gouvernement du Québec – Programme de crédit d'impôt
pour l'édition de livres – Gestion SODEC
Andara éditeur remercie la SODEC
pour l'aide accordée à son programme éditorial.

Imprimé au Canada

Tommy avait toujours détesté la senteur qui environnait la porcherie. Il y avait grandi avec le plus grand dégoût. Il y avait même travaillé avec ses quatre frères une partie du secondaire, du moins jusqu'à ce que son père décède d'une crise cardiaque en aidant une cochette à mettre bas le soir de Noël. Pour son père, la porcherie était tout. Vraiment tout. Pour l'homme, la porcherie était ce qu'il y avait de plus précieux. Il avait même un nom pour son business. Il parlait souvent de « son joyau ». C'était un besogneux de premier ordre. Un vrai gars de ferme. Le père de Tommy avait toujours pensé céder son joyau à l'un de ses fils quand la retraite se présenterait. Tommy avait longtemps expliqué qu'il n'était pas intéressé, mais le père lui retournait toujours la même phrase avec le sourire: « Tu verras qu'avec les années, la femme, les enfants et les grandes respon-sabilités, ça finira bien par te tenter, fils ». Mais ni Franck, ni Alex, ni Rock, ni Dave ne voulaient reprendre l'affaire familiale. C'était une chance que le père soit décédé avant, car s'il avait fallu qu'il vive ce blocus au moment de la retraite, il n'aurait pas sup-porté de voir son joyau glisser de la famille pour se retrouver dans les mains d'étrangers. Il en serait mort sur le champ. Pour Tommy, c'était clair, ça l'aurait tué d'une autre façon. Et cette retraite, pour le père de famille qui ne vivait que pour son travail à la porcherie, elle serait arrivée quand au juste ? Tommy s'était longtemps demandé si lui et ses frères n'arriveraient pas eux-mêmes à l'âge de la retraite avant que le vieux cède son joyau.

Lorsque le père était mort, la famille s'était dispersée rapidement, comme on le fait avec le papier d'emballage à Noël. Rock était déjà au cégep de Saint-Hyacinthe et Tommy allait y entrer. Les trois autres étaient partis travailler là où l'ouvrage les avait appelés. Lorsque le père était mort, Tommy était parti de la maison, comme libéré, comme quelqu'un qui ne voulait qu'une seule chose :

s'éloigner le plus possible de la senteur. Tommy voulait sentir autre chose.

Voilà déjà près d'un an et demi que Tommy errait de village en village, de maison de campagne en maison de campagne, de ferme en ferme pour trouver du travail. Pour du boulot, il était prêt à tout, sauf s'approcher d'une porcherie. Il s'était promis, le jour de l'An qui avait suivi la mort du père, le jour où il avait entrepris sa longue marche, qu'il ne se rendrait jamais plus assez près d'une porcherie pour pouvoir en reconnaître l'odeur.

Aujourd'hui, après cinq jours de recherche, il vient enfin de dénicher du travail dans une petite entreprise d'horticulture. Ce ne sont pas ses connaissances dans le domaine qui ont fait dire oui au propriétaire, c'est plutôt parce que Tommy a offert de retravailler le toit du bâtiment principal en échange d'un endroit où dormir et d'un peu de bouffe. Le proprio a accepté en signalant qu'il avait intérêt à bien réparer le toit, question qu'il ne lui mouille pas sur la tête, les nuits pluvieuses. Tommy a su persuader son boss en ajoutant qu'il serait aussi un gardien pour les lieux. Et comme le chien de garde l'a aussitôt accepté comme un membre de la famille, le tour était joué.

Tommy avait déjà passé plusieurs jours et, une fois, même presque un mois sans travail. Il était parti avec son enveloppe le Premier de l'année, une fois le père incinéré et enfermé dans une urne morne placée sur le haut du foyer dans le salon. Enveloppe que son oncle notaire lui avait remise le jour de l'incinération. Chaque fils avait reçu une somme de 10 000 dollars. Le père avait aussi laissé une lettre expliquant à ses cinq fils qu'une plus grosse cagnotte les attendait s'ils acceptaient de reprendre la porcherie. La lettre disait aussi que si jamais plus d'un d'entre eux voulait reprendre la ferme, le Bon Dieu saurait trancher et choisir le bon. L'homme avait fait son testament avec l'aide de son frère aîné, le notaire, deux ans avant l'incident fatal du 25 décembre. Parce qu'il avait déjà eu un premier avertissement de son cœur.

Au cours de la première année, Tommy avait beaucoup dépensé en motels et en restaurants. Mais lorsqu'il avait senti venir la fin de l'enveloppe, il s'était mis à chercher de petits boulots, ici et là. Sa mère, après la mort de son mari, était allée rejoindre sa sœur à Rawdon, s'était trouvé du travail et était plutôt heureuse. Aucun des fils n'avait suivi ses traces. Au début, Tommy appelait sa mère au moins une fois par quinze jours pour lui donner des nouvelles, lui dire qu'il allait bien et que son emploi de représentant l'amenait à voyager partout au Québec, le pourquoi des cabines téléphoniques. Cet emploi était totalement inventé, mais ça, elle ne le savait pas. Jamais elle ne lui avait posé de questions sur sa vie dans les motels, jamais de questions sur l'absence d'un pied-à-terre.

Après avoir compris que l'enveloppe se vidait trop rapidement, il avait commencé par offrir son aide au gérant du motel où il louait une chambre depuis près de deux semaines. En échange de divers menus travaux, Tommy avait eu le droit de dormir dans l'une des chambres jamais utilisées pour la location. En fait, elle avait été démolie par un couple qui s'était battu presque à mort le soir de la dernière Saint-Valentin.

Tommy avait donc eu la chance d'y dormir jusqu'au moment où il l'avait remise en état. Après, un atelier de menuiserie l'avait pris pour démanteler l'ancien bâtiment et aider à transférer le stock dans le nouveau situé juste à côté. Il avait pu dormir dans le grenier de la très petite baraque qui servait jadis de bureaux à l'entreprise. Un coup l'atelier remis sur les rails, Tommy avait vite fait le tour des jobines du village et avait commencé à chercher ailleurs, en parcourant les routes de l'Estrie. Il était devenu un rôdeur, un quêteux, comme on aurait dit à une autre époque, se promenant de rang en rang pour trouver logis et nourriture.

Tommy le rôdeur avait sillonné les différentes routes de la région, celles répertoriées comme celles inexistantes au sens figuré. Tantôt sur le pouce, en auto, en tracteur, en moto, en scooter, mais aussi à pied et en s'accrochant aux trains de marchandises, il avançait chaque jour en offrant son aide aux gens, en échange d'une nuit dans une grange ou un cabanon, sur une galerie ou, s'il était très chanceux, sur le divan du salon.

Le rôdeur était toléré, mais on le surveillait toujours de près.

En arrivant à la petite entreprise d'horti-culture, le patron a rapidement glissé dans la discussion :

— C'est pas toi, le rôdeur que Mike a en-gagé le mois passé pour l'aider à rebâtir son garage à tracteur ?

Son nom voyageait autant que lui sur les routes des municipalités de l'Estrie. Le patron le savait travaillant, le chien l'aimait bien, mais Tommy savait qu'il n'en aurait pas pour longtemps à cet endroit.

Après tout, réparer un toit n'était pas si long pour quelqu'un qui s'y connaissait. Et Tommy avait déjà aidé son père à une telle tâche il y a quelques années.

— Oui, c'est moi. Je m'appelle Tommy.

L'homme accueille cette information d'un sourire qui dévoile plusieurs dents noircies. Une odeur de pourriture mêlée à celle de la salive monte jusqu'aux narines de Tommy. Mais il se retient de froncer le nez. Il ne veut pas se montrer grossier, car après tout, cette odeur est beaucoup moins atroce que celle de la porcherie.

— Moi, c'est Rock.

Tommy se dit qu'il sera facile de se souvenir du nom de ce nouvel employeur puisqu'un de ses frères s'appelait ainsi.

— C'est qui ça, p'pa ? demande une voix douce derrière Tommy.

Il n'a pas le temps de se retourner que déjà la jeune femme qui a posé la question arrive à ses côtés. Ses yeux d'un bleu intense le scrutent comme si elle le suspectait d'un crime quelconque. Tommy retient son souffle jusqu'à ce qu'elle détourne son attention de lui. Et ce n'est pas parce qu'il a peur d'elle, mais parce qu'il n'a jamais vu une aussi belle femme. Son visage de poupée est encadré par des cheveux bruns qui flottent librement dans le vent de la campagne.

— Lui, c'est Tommy, lui a dit Rock. Pis, il va travailler pour nous autres un p'tit bout de temps.

Elle hoche doucement la tête avant de jeter un bref coup d'œil à Tommy.

— Oui, j'avoue…

Sur ces mots que le rôdeur ne comprend pas, elle entre dans la maison à quelques pas d'eux.

— Pis elle, c'est ma fille Mélissa, grogne le propriétaire en se croisant les bras sur la poitrine.

Tommy devine ce que Rock veut lui faire comprendre : interdiction formelle de toucher à sa fille. Il s'éclaircit la gorge et pointe le toit du bâtiment principal pour changer de sujet.

— Bon, je vais aller voir ça, ce toit-là.

— Attend un peu. Je vais te montrer les outils. Viens, suis-moi.

Tommy suit l'homme qui marchait déjà à grandes enjambées vers une remise grise, à droite de deux immenses serres horticoles. Rock tire sur une corde qui pend à l'entrée et une ampoule à moitié couverte de poussière éclabousse l'endroit d'une faible lumière jaune. Tommy découvre que l'intérieur est beaucoup plus grand que l'extérieur ne le laissait supposer à première vue. Plusieurs dizaines d'outils de toutes sortes et de toutes tailles sont suspendus sur les murs, ne laissant aucun espace libre. Au centre de la place sont entassées des poches de tissus massives. De l'engrais, sans doute, se dit Tommy. Ils s'étaient avancés de quelques pas quand Rock s'arrête brusquement. Tommy sursaute en entendant un rugissement. Il ne s'agissait pas du chien, l'animal n'était pas avec eux. Non, c'est son nouveau patron qui, aussi immobile qu'une statue de cire, émet ce son à glacer le sang. Le rôdeur frissonne en posant les yeux sur le visage de son patron. Sous l'éclairage jaunâtre, il ressemble à celui d'un mort vivant, comme dans les films qu'il regardait avec ses frères il y a longtemps.

— RAAAAAAAAAAAAAA… Oui, j'avoue, murmure Rock.

Tommy n'ose plus bouger. Rock ne vient-il pas de répéter, à la fin de son râle, les mêmes mots que sa fille ?

— Euh… Ça va ? ose demander le rôdeur.

— Mmmmmm… Oui, oui. Excuse-moi… Qu'est-ce qui vient de se passer, là ?

— Euh… Je sais pas trop.

Rock se frotte les tempes un instant en clignant des yeux frénétiquement. Le rôdeur commence à se demander si c'était une bonne idée de travailler pour cet homme étrange… Son estomac vide lui répond qu'il n'a pas le loisir de se poser cette question.

— Ça va mieux, là. Je... Ça m'arrive pas souvent... Là, ça va.

Tommy feint un sourire pour tenter de rassurer l'homme. Le même semblant de sourire qu'il a si souvent servi à son père quand celui-ci affirmait que « la femme, les enfants et les grandes responsabilités, ça finira bien par te tenter, fils ».

— Bon, souffle Rock, ça, c'est les outils dont tu pourras te servir.

D'un doigt tremblant, il désigne le mur du fond, celui que l'éclairage ne rejoignait qu'en partie. Tommy ne discernait que les vagues silhouettes des outils en question.

— Moi, je... j'ai besoin de me reposer un peu, dit Rock, les yeux soudés au sol.

— C'est correct, répond le rôdeur, je vais commencer ma job.

Sans relever le regard, son patron sort de la remise. Mais Tommy ne reste pas seul bien longtemps, le chien vient le rejoindre pour lui lécher la main. Ce nouveau compagnon s'avère grandement bienvenu pour atténuer l'inquiétude qui plane en lui. Pourtant, il en avait vu d'autres, des gens au comportement bizarre. Il y a de cela quelques semaines, dans ce wagon de train, il y avait cet autre «quêteux» qui le menaçait à tout moment de le tuer s'il ne sortait pas de ce qu'il considérait comme son moyen de transport. Ou encore cette femme pour qui il avait travaillé et qui avait une peur bleue des araignées. Elle était sûre qu'il était infesté par ces bestioles et qu'il était là pour la terroriser ! Jamais il n'avait ressenti cette peur viscérale en leur compagnie. Contrairement à Rock.

Le chien agite la queue, semblant l'inviter à jouer avec lui.

— Tu veux jouer, mon toutou ? Comment tu t'appelles ?

— Ben là, franchement. Il a pas de nom !

Encore une fois, le rôdeur s'était fait prendre par surprise par Mélissa. Cette fois-ci, par contre, la jeune femme ne se trouvait pas dans son dos. Elle est assise sur une des poches de tissus. Tommy n'en revient pas : comment s'était-elle faufilée à l'intérieur de la remise sans qu'il s'en aperçoive ?

— Pourquoi il aurait un nom ? a-t-elle continué, le visage boudeur. C'est pas un humain…

— Euh… Les chiens que j'ai connus avaient tous un nom…

— Ben icitte, c'est différent, dit-elle d'un ton brusque.

Elle s'est levée en affichant un air hautain.

— Si tu serais né icitte, t'en aurais pas de nom, toi non plus.

Tommy demeure bouche bée pendant quelques secondes. Venait-elle de le traiter d'animal? Pour qui se prenait-elle? Elle ne le connaissait même pas! D'accord, c'était peut-être la plus belle fille qu'il avait vue, mais ça ne lui donnait pas le droit de l'insulter ainsi.

— T'as pas vu dans quel état t'as mis mon père tantôt? Il aime pas ça les chiens qui rôdent…

Mélissa ne semblait pas beaucoup apprécier la présence de Tommy. L'air hautain qu'elle avait en sa présence en était la preuve vivante, mais elle allait lui en donner d'autres.

— Je t'aime pas…

— Parfait, répond Tommy.

— Je t'aime pas pantoute… sale rôdeur! Tu sais qu'on en dit pas mal sur toi… Je suis passée au dépanneur à matin, pis ça parlait de toi, pis de certains de tes exploits…

— Je vois pas en quoi mes « exploits » peuvent faire de moi une mauvaise personne… J'ai juste aidé des gens, ça fait que…

— Je t'aime vraiment pas.

— Tu sais, t'es pas obligée de m'aimer. Moi, je vais faire ce que j'ai à faire ici pis après, je vais reprendre la route… T'en fais pas, je serai pas trop longtemps dans ton champ de vision.

— Oui, j'avoue…

La fille du patron vient de le redire. Tommy n'a aucune idée de ce que ça signifie, mais il a un mauvais pressentiment. Et c'est sur cette phrase mystérieuse qu'elle a quitté l'endroit. Tommy se dit qu'il est enfin débarrassé de la fille du boss, ce qui lui plaisait, surtout qu'il lui reste au moins une présence intéressante, celle du chien. Mais au moment où Tommy a cette pensée en tête, un gros sifflet venant de l'extérieur appelle le chien qui part à toute vitesse.

Tommy, seul dans le bâtiment, avait travaillé tard et, ensuite, il avait entrepris de s'installer pour la nuit. Une petite pluie, tout sauf menaçante, avait commencé en soirée, mais depuis qu'il avait décidé de se diriger vers le sommeil, elle se montrait plus agressive.

Le jeune homme n'arrivait pas à dormir. La pluie drue qui bombardait le toit en métal du petit garage d'à côté, résonnait très fort et l'empêchait de fermer l'œil. Tommy se demandait si le patron était devin, car il avait parlé de pluie à son arrivée alors que le ciel était d'un bleu clair impressionnant. D'ailleurs, comme cela allait de pair avec la précédente discussion avec le patron au sujet de la pluie, Tommy commençait à comprendre ce qu'était vraiment le problème du toit. Il coulait et coulait, comme s'il avait accumulé tout ce qu'il pouvait avant de relâcher la vague. Tommy avait trouvé des seaux et des bacs pour tenter de récupérer le plus d'eau possible. Si le rez-de-chaussée était en béton, celui du premier étage, lui, était en bois et, à la longue, ce genre de déluge pouvait pourrir toute la charpente.

Il avait fait tout ce qu'il pouvait pour contenir les eaux, mais il avait fini par baisser les bras, et il était retourné dans son coin afin d'essayer d'avoir un semblant de nuit. Tommy avait compris que ce n'était pas la première fois que l'eau s'infiltrait et que, même s'il restait debout toute la nuit, cela ne changerait rien. La seule chose qui pourrait faire la différence était de réparer le toit, ce qu'il s'empresserait de faire à son réveil. Maintenant qu'il avait trouvé la solution, le sommeil le rattrapait.

C'est par un gigantesque coup de poing dans le visage que Tommy se réveille d'un trait. Une armoire à glace le tient au collet d'une seule main et descend un autre coup foudroyant avec son autre main fermée et dure comme le roc. Essayant de coordonner la parole à ses bras pour bloquer les coups, Tommy n'a finalement pu qu'accepter de recevoir une raclée avant que son assaillant le laisse retomber au sol.

— Là, j'espère que t'as compris! Cochon de rôdeur…, lance le bourreau, le visage très près de Tommy, assez pour que ce dernier soit répugné par l'odeur de bière et de tabac.

— Mais…

— Ta gueule, le quêteux!

— Mais…, répète Tommy en mettant les bras devant lui pour bloquer un éventuel assaut.

— Là, tu vas décrisser d'icitte, pis vite! crie le gros, comme s'il jouait les caïds dans un film d'action américain.

— On m'a engagé…

— Ouin, pis… Tu vas décrisser…, renfile l'autre en levant le poing.

— Qu'est-ce… Qu'est-ce que j'ai fait?

— Tu passes ton temps à reluquer ma blonde!

— Mélissa ? laisse tomber Tommy avec le plus grand étonnement.

— Ouin, pis elle aime pas ça... En fait, elle t'aime pas non plus...

— Ça, j'avais cru remarqu...

Tommy se doute bien que ce genre de réplique va mettre le gros et grand chum de la fille du patron en rogne. Et effectivement, ce début de commentaires lui permet de recevoir quatre autres bons coups sur le nez.

— Là, tu prends tes affaires, pis tu pars... et me dis pas qu'il mouille ! continue le géant. À la limite, ça va te nettoyer la face un peu... on dirait que tu t'es maquillé pour l'Halloween. Massacre à main-sonneuse, tu connais ?

Après avoir ramassé son sac à dos et son sac à bandoulière, Tommy s'empresse de descendre les escaliers pour sortir du bâtiment. Son bourreau était resté en haut, occupé à rire très fort de sa dernière blague. Rendu au bord du chemin, sous l'averse intense, le rire gras résonnait encore à ses oreilles.

C'était la première fois que ça tournait si mal pour lui. C'était aussi la première fois qu'il se retrouvait à la rue sans trop comprendre ce qui lui arrivait. Tommy était parti de la maison familiale et avait pris la route de son plein gré, et chaque fois qu'il était parti d'une jobine, c'était parce qu'il avait terminé ce qu'il avait à faire.

En tout cas, il n'a aucune envie de remettre les pieds ici, ni même de demander réparation pour ce qu'il a subi, pas plus que pour le travail accompli dans sa seule journée à cet endroit. Bye, l'horticulture !

C'est la tête remplie de frustration et d'incompréhension qu'il reprend la route à deux heures du matin, sous une pluie violente. Ce n'était pas première fois qu'il marchait sous la pluie, mais c'est une première avec le nez cassé et les lèvres fendues. Son œil gauche lui fait aussi très mal. Finalement, les cordes d'eau qui tombent sont ce qui le dérange le moins.

Lentement, Tommy marche une vingtaine de minutes avant qu'une voiture ne passe. Et quand il lève le pouce, elle accélère en l'éclaboussant. Tommy lève le majeur, mais le rabaisse aussitôt, au cas où il s'agirait de son bourreau géant. Il se passe une bonne demi-heure avant qu'un gros F-150 n'arrive derrière lui. Tommy n'a pas levé le pouce, cette fois, mais le mastodonte le dépasse pour s'arrêter devant lui. La vitre électrique s'ouvre côté passager. Tommy qui arrive à sa hauteur peut voir l'homme qui conduit.

— Tu vas où, le jeune, avec ce déluge?

— J'espère arriver au prochain village!

— T'habites là?

— Non, je cherche une chambre...

— Pas de chambre à louer dans ce village pourri, le jeune...

— Pas grave, je trouverai bien...

— Envoye, monte, t'es assez mouillé de même!

Le conducteur du F-150 fait monter Tommy dans son camion. L'homme a remarqué son visage modifié par le soin du chum de Mélissa, mais n'a rien dit. Tommy apprécie que, d'emblée, il ne pose pas trop de questions.

— Tu trouveras pas de coin pour te loger au village, c'est certain. Je pense à ça: tu devrais venir à la maison pour la nuit, demain, tu repartiras... Le soleil est supposé de se ramener la face un moment donné.

— Je ne voudrais pas déranger... Je préfère continuer.

— Tu ne nous dérangeras pas. Je vis avec ma fille et nous avons une chambre d'ami, tu t'installeras là pour le reste de la nuit.

— Si vous le dites...

— Envoye donc! Tu te lèveras à l'heure que tu veux... On est ben tranquille en avant-midi, on travaille dehors. C'est ça, la ferme...

— Ok, mais je vais vous aider en échange.

Ils arrivent assez rapidement à la ferme de l'homme. Avec comme seul éclairage les phares du camion, Tommy n'a pu qu'entrevoir la petite maison sombre et l'imposante grange derrière. Une fois le véhicule garé devant les portes battantes de celle-ci, le conducteur se tourne vers Tommy.

— Au fait, moi, c'est Dave.

Tommy sent son estomac se tordre. Dave. Encore une fois, le nom d'un de ses frères. Il a même cru avoir mal entendu et fait répéter l'autre.

— Dave. Pis toi, c'est quoi ?

— Euh… Tommy.

Une telle coïncidence, c'était presque impossible ! En quelques heures seulement, les deux inconnus qui l'engagent, par pur hasard, se prénomment Rock et Dave. Il ne manque plus que Franck et Alex pour compléter le tableau…

— T'es dans lune, on dirait, mon Tom, a dit Dave en descendant du camion.

Comme il l'avait fait plus tôt avec Rock, Tommy affiche un semblant de sourire. Il ajoute même un bref rire jaune en sortant à son tour.

Sur le porche aux planches craquantes de la maison, Dave met une main sur l'épaule du rôdeur.

— Là, il faut pas faire de bruit... Cathy dort.

Cette autre coïncidence saisit Tommy aux tripes : comme Rock, cet homme vivait avec sa fille. Son cœur se met à battre plus rapidement. Devait-il faire confiance à cet inconnu ? Le pouvait-il ?

— T'as sûrement faim, mon Tom, chuchote Dave. Je vais te réchauffer du pâté chinois. Tu vas voir, ma Cathy, c'est elle qui fait le meilleur en Estrie.

Appâté, Tommy suit l'homme à l'intérieur. C'était sûrement cette faim qui le ronge qui lui faisait voir des complots partout... Il se dit qu'une fois le ventre plein, il se sentira mieux.

Dave allume une vieille lampe à l'huile sur la table en bois rond.

— J'aime les antiquités. Le passé, ça me passionne.

Tommy hoche la tête pendant que son estomac pousse un grognement.

— J'avais ben raison, t'as tellement faim que t'es tout blême.

L'homme prépare une assiette de pâté chinois qu'il sert ensuite à Tommy.

— Mange, mon Tom. Ça va te faire du bien.

Le rôdeur dévore son repas comme si c'était son dernier pendant que son hôte le fixe sans rien dire.

— Merci, monsieur, murmure Tommy, une fois sa dernière bouchée avalée.

Par politesse, il revient sur ce que Dave lui avait dit un peu plus tôt :

— Le passé vous passionne ? Quelle période ?

— Non, pas l'Histoire avec un grand H... Ce qui me passionne, c'est celle avec un petit h : le passé des gens. Leur histoire, à chacun. Surtout celle des voyageurs, comme toi.

Tommy a dû afficher un air surpris parce que Dave éclate de rire. Rire qu'il tait aussitôt pour ne pas réveiller sa fille.

— T'es drôle, Tom. Si tu voyais l'air que tu fais! Inquiète-toi pas, je suis pas dangereux...

— Non, non. C'est pas ce que je pensais...

— C'est pas comme mon frère Rock. Lui, il est pas bien dans sa tête.

Rock? Tommy se lève d'un bond, en renversant sa chaise avec fracas.

— Ben voyons, qu'est-ce que t'as, mon Tom?

— Rock... Votre frère... Il est horticulteur?

— Oui, c'est bien lui. Tu le connais?

— Je... J'étais chez lui hier.

— C'est lui qui t'a arrangé le portrait de même?

— Euh... Non, c'est le chum de sa fille.

— Sa fille? Il a pas de fille, Rock.

Le plancher se met à tanguer sous ses pieds alors que la pièce ne cesse de tourner. Tommy doit se cramponner à la table pour ne pas tomber.

— Ben oui... Comment ça, pas de fille? Elle s'appelle Mélissa... Je l'ai vue, pis elle...

Une soudaine nausée l'empêche alors de terminer sa phrase. Une bile brûlante lui envahit la gorge et il se met à vomir violemment sur la table, éclaboussant Dave au passage.

Tommy, qui sent ensuite ses jambes le lâcher, se cogne la tête contre la table de bois massif.

Noir total.

Quand il reprend connaissance, il se sent mieux. Une chaleur l'enveloppe comme un cocon. Un son doux lui chatouille les oreilles: on aurait dit une rivière chaude et accueillante. Comme la seule fois où il était allé à la mer avec sa famille. Dans une autre vie...

En ouvrant les yeux, il constate qu'il est couché dans un bain empli d'eau chaude. Entièrement nu. La deuxième chose qu'il remarque le fait sursauter: Dave, assis sur la cuvette de toilette tout près de la baignoire, le fixe en souriant.

— Chut... Calme-toi, mon Tom. Tout va bien.

Tommy n'avait pas pris de bain depuis très longtemps, mais jamais il n'avait fait ça en compagnie d'un autre homme. Le malaise ne le quittait pas. En même temps qu'il voulait remercier Dave pour la gentillesse qu'il lui démontrait, il ne ressentait qu'une seule envie: fuir à toutes jambes!

Il tente de se relever, mais il n'en est pas capable.

— T'es épuisé, mon Tom. Je vais prendre soin de toi, moi. Pis, inquiète-toi pas, je te demanderai rien en échange. Tu me rappelles mon autre frère, Alex.

Pendant que le visage de Dave s'assombrit de tristesse, Tommy a l'impression, comme plus tôt, que la pièce commence à tourner autour de lui. Non. Non! NON! Rock. Dave. Et maintenant, Alex!

— Lui, il est mort. Et c'était de ma faute. Au lieu de prendre soin de lui, comme maman me l'avait demandé, j'ai préféré sortir avec la petite Steph. Pis, lui, il était tout seul à la maison. Pis, le feu a pris. Il est mort. Il a fallu que je quitte la maison, ma mère voulait pu de moi. Elle a jamais pu me pardonner. Mes autres frères non plus. Ben ça, ça me dérange pas. Rock, tu le sais, c'est un maudit fou. Pis Franck, lui, ben, il est en prison pour meurtre.

Impossible! Comme si de rien n'était, le nom de Franck vient s'ajouter au portrait de famille. Ce Dave se moque de lui, c'est la seule explication possible! Malgré la lourdeur de son corps engourdi, Tommy parvient à se relever sur ses coudes en tremblant.

Il dévisage Dave un long moment. Son hôte ne détourne pas le regard, il semble vraiment triste. Il n'a pas l'air d'inventer cette histoire !

— Attends un peu… Ça se peut pas tout ça… Tu t'appelles Dave… Le nom de tes frères, c'est Rock, Alex et Franck… Mes frères s'appellent comme ça aussi. C'est quoi l'affaire ? C'est un complot ? Parce que si c'en est pas un, c'est à ça que ça ressemble pour moi !

— Oui, j'avoue…, dit Mélissa qui apparait soudainement à l'entrée de la salle de bain, un sourire cruel aux lèvres.

« Oui, j'avoue… » Encore cette expression qui n'avait pas fini de résonner dans sa tête depuis la veille. Celle de Mélissa, la blonde de son bourreau.

— Tu prends ton bain, le crotté ?

C'est avec l'impression que le cœur veut lui sortir de la poitrine que Tommy se réveille dans une pièce inconnue, avec beaucoup trop de fleurs sur les meubles. Un soleil perçant entre par la fenêtre sans rideau. Et en se tournant pour chercher la porte de cette pièce, son regard tombe sur une jeune femme assise sur une petite chaise près du lit.

— Ça va ? Méchant rêve, mon ami ?

— Euhhhh...

— J'étais montée voir si t'étais pas mort... Il est quand même près de cinq heures, on va souper dans pas long...

— Je... je comprends pas...

— Tu t'es évanoui dans le pick-up quand mon père t'a replacé le nez, ben, en tout cas, endormi solide, pu réveillable. Mon père t'a transporté jusqu'ici...

Avec un réflexe de frayeur, Tommy regarde rapidement sous les couvertures.

— Oui, t'as dormi avec ton linge mouillé… Pas le choix, t'étais tellement mou, comme une guenille… Il a juste essuyé ton visage, pis il t'a laissé dormir.

— Mais…

— Je t'ai laissé des serviettes sur l'autre chaise, juste là. La salle de bain est à côté de la chambre. Tu peux aller te laver pis descendre nous rejoindre pour le souper…

— Je…

— Si t'as pas de linge propre, fouille dans les tiroirs, c'était la chambre de mon frère. Pour moi, ça va te faire…

Il ne comprenait plus rien. Ce n'était qu'un mauvais rêve ? Tout avait l'air si vrai. Et l'histoire avec le nom de ses frères ? Tout cela lui semblait, du moins lui avait semblé, si vrai, si réel.

— En passant, moi, c'est Marie.

— T… To… Tom… Tommy.

La jeune femme quitte la pièce avec un sourire en coin. Sûrement à cause du bégaiement nerveux de Tommy. Ce n'est qu'en raison de ce sourire rieur qu'il a remarqué qu'elle est très belle. Le fait d'être dépassé par la situation lui avait couvert cette beauté. Une fille beaucoup plus jolie que la méchante Mélissa. Peut-être que leur prénom partageait la même première lettre, mais Marie, au contraire de Mélissa, apparait dans son jour comme un ange.

Toujours éberlué par son étrange rêve et les événements de la veille, Tommy se lève. Son visage lui fait mal, mais le père de Marie semble lui avoir remis le nez dans un alignement raisonnable. Il espérait bien trouver un miroir dans la salle de bain de ses hôtes pour voir l'état de sa gueule. Il ouvre un tiroir de la grande commode et y trouve des sous-vêtements et des bas. Dans un second, il prend un t-shirt noir, pas le choix, car ils sont tous noirs et unis. Et dans un troisième, une paire de jeans délavés. À vue d'œil, tout cela semble être entièrement à sa taille. Tommy se dirige alors vers la salle de bain, en suivant la direction qu'avait pointée Marie, il y a quelques minutes.

C'était une très vieille maison, certainement centenaire. Une vieille maison comme celle de ses grands-parents maternels. La maison où il allait passer ses étés avant d'avoir l'âge d'aider à la porcherie et de subir la senteur qui va avec. Une senteur bien loin de celle de la maison des grands-parents. Une senteur bien loin de celle où il se trouve présentement.

Pas de miroir dans la salle de bain. Par contre, il y a une douche. Peut-être en trouvera-t-il un en bas, afin de vérifier son état corporel. En sortant du lit, il avait vite vérifié s'il n'avait pas une côte brisée, mais non. La grosse brute s'était seulement attaquée à son visage. Dans la douche, l'eau chaude, même bouillante, semble rouvrir ses blessures, car beaucoup de sang se met à couler le long de son corps, formant un petit rond rouge pâle autour de ses pieds. Un coup épongé, il met les vêtements d'emprunt et il descend les escaliers. En suivant la senteur exquise du repas qui mijote, Tommy trouve facilement la cuisine. Une grande cuisine avec un poêle Bélanger et des fleurs partout. D'ailleurs, des fleurs, il y en avait dans les escaliers, dans le corridor, et même dans la salle de bain.

— La senteur t'a guidé, avoue? demande le conducteur du F-150.

— Oui, j'avoue... répond Tommy avec gêne.

— Hahahahaha... Ma fille, c'est une grande gastronome, comme sa mère... Ben, à part ses pâtés chinois qui sont presque infects, même pour les chiens, elle est bonne en tout... ajoute le grand bonhomme avant de se remettre à rire aux éclats.

— Papa ! Franchement...

— Notre invité a le droit de savoir, ma fille...

— Quand même, un peu de gêne...

Si le père semblait sans gêne, Marie et Tommy, eux, étaient très embarrassés de la situation.

— Tu prendrais une bière, mon Tom ?

— Je...

— Marie, étire-toi donc, pis sors-nous deux bonnes bières !

La jeune femme souriante ouvre le frigo pour en sortir deux Molson Canadian. Le père les débouche et en tend une à Tommy. Le grand homme boit presque la moitié de sa bière d'une traite, avant de lâcher un long soupir de satisfaction. Il est évident que pour lui, elle est bonne. Tommy, lui, prend une petite gorgée, suivie d'une deuxième tout aussi brève.

La bière le rendait malade, il l'avait re-marqué à quelques reprises dans la dernière année. Pas besoin d'en boire plusieurs pour qu'il se sente tout croche. Voilà pourquoi Tommy préférait le fort. Le whisky et le gin étaient même devenus ses amis de motels, l'hiver dernier.

— T'en veux une autre, mon Tom?

— J'ai pas encore...

— Il boit pas aussi vite que toi, papa!

— Ben, oui... Scuse-moi, j'avais pas regardé!

— Pas grave...

— Moi, j'en bois toujours deux ben frettes avant le souper, sauf le dimanche... à part ça, de la bière, j'en bois pas...

— Moi non plus... pas vraiment...

— Tu vas voir, mon Tom, le jour où tu vas avoir ta ferme, ta femme, les enfants et tout ce qui avec, ta Canadian, tu vas l'aimer en calvinisse en rentrant...

Tommy fait comme s'il n'avait pas enten-du la dernière remarque du père. Du moins, son cerveau tente d'effacer l'information.

Ça ressemble tellement aux petites phrases répétitives sur l'avenir que son propre père martelait constamment aux cinq frères! Finalement, peut-être que tous les pères ayant une ferme ont de petites phrases moralisatrices cheaps du même genre d'implantées en eux. D'ailleurs, pensant à la ferme, Tommy se dit qu'il pourrait offrir son aide à l'homme et sa fille. Après tout, ils semblaient être de bons vivants. Puis, tous les deux, seuls pour tenir une ferme, ça devait être difficile. Tommy pourrait certainement les aider. Comme toujours, il était prêt à n'importe quoi. D'autre part, il se demandait ce qu'avait le brave homme comme business.

— Au fait, vous faites l'élevage de quoi?

L'homme soupire longuement avant de répondre. Tommy trouve ce moment interminable, probablement parce qu'il appréhende la réponse. Le père ne peut quand même pas répondre «des porcs». Tommy ne le prendrait pas, si jamais c'était le cas. Il est tellement absorbé par ses pensées qu'il n'a pas vraiment entendu la réponse de l'homme.

— Des... des porcs? demande Tommy, comme s'il répétait les dires de son hôte.

— De quoi, des porcs? J'ai dit que j'avais des vaches. J'ai une ferme laitière.

Tommy avait heureusement mal entendu la première fois, ce n'était que ça. Sinon, pourquoi son hôte aurait-il mentionné des porcs? Pour le torturer en lui rappelant la porcherie de son père? Mais comment aurait-il fait pour savoir ça? Non, vraiment,

Tommy avait imaginé la première réponse de l'homme... dont il ignorait encore le nom. À moins que ce ne soit vraiment Dave, comme dans son rêve? Mais Marie ne s'appelait pas Mélissa, alors...

— Au fait, je me souviens pas de vous avoir demandé votre nom.

— C'est Michel. Tu peux me tutoyer, il y a pas de mal à ça.

Tommy soupire de soulagement. Si l'autre avait répondu Dave, il aurait sans doute quitté la table, la cuisine, la maison, la campagne... Fuir, comme toujours. Fuir? Fuir quoi? C'est en silence que Tommy mange son souper. Silence de mots, silence de pensées.

En déposant son assiette dans l'évier, il se dessine un sourire sur les lèvres. Un vrai, pour la première fois depuis longtemps.

— En tout cas, Michel, je me sens d'attaque pour une bonne soirée de travail. Qu'est-ce que je peux faire pour vous... pour t'aider?

Michel le conduit à l'étable où une trentaine de vaches attendent d'être nourries avant la traite du soir. L'odeur qui règne à l'intérieur n'est rien comparée à ce qu'il avait déjà senti avant. Quand il lui explique comment faire le train, Tommy l'écoute avec attention, même s'il connait déjà le trois quarts de la routine à effectuer. Sur la route, au fil du temps, il avait appris tant de choses. C'est la route qui l'avait formé, qui lui avait insufflé une nouvelle vie, une qui ne sentait pas la porcherie.

— De toute façon, je serai pas loin si t'as besoin de moi… Il faut que je vérifie la qualité du lait dans la pièce, juste là.

Michel abandonne alors Tommy avec les vaches qui meuglaient de plus en plus fort. Il avait commencé à distribuer une ration de nourriture à chaque vache, quand, tout près d'une fenêtre, il entend la voix de Marie, à l'extérieur.

— La chose qu'il déteste le plus, c'est l'odeur de la porcherie.

— Ah, ben ça, ça me surprend pas. Ça explique même ben des choses.

Cette deuxième voix, c'est celle de Mélissa ! Tommy ne se trompait pas, c'était bien elle :

— Mais il avouera jamais pourquoi… S'il s'en rappelle…

— Selon ce que dit mon père, il veut pas s'en souvenir. Surtout de Cathy pis du chien.

Cathy? Ce nom lui évoque quelque chose... N'était-ce pas, encore une fois dans son rêve, le nom de la fille de Dave? Pas son frère, mais l'homme qui prétend s'appeler Michel? Tommy lâche la chaudière pour se précipiter à la fenêtre. Si les voix continuaient, les deux filles n'étaient pas visibles d'où il se tenait. À gauche, à droite et en avant s'étendaient des foins hauts et dorés, à perte de vue, sous ce reste de ciel aux couleurs flamboyantes. Il allait faire beau demain.

— Ça prendra beaucoup plus de temps, dit Marie. Mon père va découvrir d'autres secrets sur lui. Cette nuit. Pis, ça devrait être réglé.

— Il faut pas qu'il s'en rende compte... Déjà que la nuit passée, comme tu me l'as raconté, Tommy a failli se réveiller quand ton père rôdait dans son passé...

— Juste le temps qu'on obtienne ce qu'on veut savoir pis ensuite, on pourra le redonner à ton chum pour qu'il finisse ce qu'il a commencé.

— Il attend juste ça, lui, de le tuer. L'autre jour, il a fallu que je le retienne, sinon il l'aurait pendu.

Tommy se mord la langue avec tant de violence qu'il doit se retenir pour ne pas crier de douleur.

— Il lui en veut pour vrai !

— Ben, quessé que tu penses ?

La conversation s'arrête brusquement. Tommy cesse de respirer. Avaient-elles deviné sa présence ? Le plus discrètement possible, il se recule pour ne plus être devant la fenêtre. Il sent alors un souffle chaud dans son cou. Quand il se retourne, Michel le dévisage, les bras croisés, à quelques pas de lui.

— Tu sortais... T'avais besoin de prendre de l'air ?

— Euh... Oui, oui.

— Ça sent pas si fort que ça, elle est bien aérée cette étable-là. Tu trouves pas ?

— C'est ben vrai. Bon, je vais me remettre au travail.

— Inquiète-toi pas avec ça, t'as pas à être stressé avec moi. Je sais que tu travailles bien, je me suis renseigné. Je respecte ça, moi, ceux qui font pas les choses à moitié. Qui vont jusqu'au bout.

Cette fois-ci, le sourire que Tommy a réussi à plaquer sur ses lèvres n'est pas franc. Il ne bougeait plus, aussi mal à l'aise qu'un cobaye dans une cage de laboratoire.

Michel quitte l'étable sans rien ajouter. Longtemps après sa sortie, Tommy reste immobile, ne sachant pas quoi faire. Devait-il jouer le jeu et attendre la nuit pour leur tendre un piège? Ou fuir… Embrasser la route, cette route qui ne semblait jamais finir, qui se dérobait à lui comme sa propre vie, comme ses souvenirs qu'on violait à son insu… S'il choisissait cette deuxième option, il ne saurait jamais le fin fond de l'histoire: que lui voulaient ces inconnus?

Ce Michel, à moins que ça ne soit Dave, rôdait dans son passé… Qu'est-ce que ça voulait dire? La nuit précédente, Tommy avait-il été drogué? Peut-être avec une substance qui obligeait les gens prisonniers des vapes à raconter la vérité… Mais la vérité sur quoi? Les deux filles avaient mentionné une certaine Cathy et son chien. Et que lui, Tommy, devait s'en souvenir. Quelque chose en lien avec la porcherie de son père… Était-ce ce souvenir que Tommy tentait de fuir depuis son départ de la ferme familiale? La route avait-elle avalé ce qu'il avait fait? S'il avait vraiment commis un acte que sa mémoire étouffait. Sinon, c'était ces gens qui désiraient le rendre fou, avec une mise en scène élaborée… Dans ce cas, pourquoi lui? Il frissonne en repensant à la phrase que Mélissa avait dite: *il attend juste ça, lui, de le tuer. L'autre jour, il a fallu que je le retienne sinon, il l'aurait pendu.*

En tentant de calmer son rythme cardiaque, il recommence à travailler. Le reste de la soirée, il la passe à jouer le jeu, à faire comme si de rien n'était. Mais son esprit, lui, se sert de ce précieux temps pour élaborer un plan. Quelque chose qu'ils ne verraient pas venir. À son tour de les surprendre! Il ne laisserait pas sa santé mentale sur cette terre, et encore moins sa vie. Cette nuit-là, il en est sûr, il saurait tout. Tant sur eux et leur plan machiavélique que sur son propre passé.

Aussitôt le boulot terminé, Tommy entre dans la maison de ses hôtes et va prendre une douche. La senteur des fleurs, en quantité industrielle dans la maison, lui donne un peu la nausée. Pourtant, elle n'avait pas eu le même effet sur lui à son réveil, plus tôt en journée. Il avait même trouvé que ça sentait bon. Que ça sentait la campagne. Que ça sentait comme chez ses grands-parents. Que ça sentait le calme. Que ça sentait l'endroit où il fait bon vivre.

Est-ce que la senteur avait été ternie par ce qu'il avait entendu ? En fait, avait-il réellement entendu Marie et Mélissa parler ? Entendu parler de lui, en particulier ? Il n'avait pas réussi à voir. Il ne les avait pas vues. Le père de Marie l'avait interrompu dans son espionnage.

Mais si tout ça s'était bel et bien produit, ça le déboîtait au plus haut point. Et la seule chose qui l'empêchait de ne pas fuir à toute vitesse, c'était qu'il avait quand même un doute. Juste un doute. Rien de tangible, mais quand même. Un doute assez fort pour le faire rester.

Et maintenant qu'il avait pris une douche et s'était couché. Maintenant qu'il savait Marie dans sa chambre, parce qu'il l'avait entendue crier à son père qu'elle allait lire un peu avant de dormir. Maintenant qu'elle lui avait affectueusement souhaité une merveilleuse nuit. D'une chambre à l'autre, avec une voix de sainte ou presque. Le genre de voix qui assure une nuit paisible. Le genre de « Merveilleuse nuit, Tommy ! » qui déroute, parce que la discussion des deux filles était toujours présente en son crâne. D'ailleurs, Tommy tentait de faire un test de reconnaissance de voix dans sa tête. Était-ce réellement la voix de Marie en discussion avec Mélissa ? Il n'arrive pas à croire qu'il s'agit de la même voix, qu'il s'agit de la même fille. Maintenant qu'il sait qu'un certain calme s'est installé, il peut se concentrer sur lui-même, sur sa survie.

Tommy sait aussi que Michel s'est endormi devant la télé au salon, car il l'entend ronfler comme une moissonneuse batteuse. Un ronflement qui enterre tout, vraiment tout. Mais c'est grâce à ce boucan qu'il pourra savoir, si jamais la discussion se révélait finalement à lui comme étant vraie, et qu'il doive déguerpir. Savoir qu'il avait eu un doute pour rien et qu'il aurait dû fuir, fuir rapidement.

Il avait souvent peu dormi depuis son départ de la maison familiale. Il avait souvent peu dormi à cause du bruit dans une étable, des soirs où il devait dormir sur une botte de foin au deuxième étage d'une grange. Il avait souvent peu dormi des soirs de motels, à cause des bagarres au bar de l'établissement ou à cause des clients trop bruyants dans la chambre d'à côté. Mais c'était la première fois qu'il s'empêchait de dormir, pour savoir, juste pour savoir et peut-être même comprendre. Être prêt, au cas où.

Vers les quatre heures du matin, une des nombreuses BD du frère de Marie sous la main, il avait fini par s'effondrer. La fatigue l'avait gagné, malgré tous ses efforts pour rester l'œil ouvert. Tout ce temps, aucun bruit n'était venu de la chambre de Marie, alors que le père avait continué son lourd concert au salon. Mais même le ronflement le plus fort de la planète n'avait pu tenir Tommy éveillé jusqu'au matin.

Lorsque Tommy a ouvert l'œil droit, il a compris qu'il s'était endormi, qu'il n'avait pas tenu. Le soleil entrait profondément dans la chambre. Et lorsqu'il a ouvert l'autre œil en tournant la tête vers la porte de la chambre, il a trouvé Marie debout, sous le cadrage, qui le regardait.

— T'as bien dormi, malgré le tremblement de terre paternel ?

— Euuuuuhhh... oui... oui, très bien... pis toi ?

— Me suis endormie sur mon livre, encore une fois... Mets-moi un livre étrange ou un film sous le nez, pis s'il est dépassé huit heures du soir, je dors presque automatiquement, a expliqué Marie avec le sourire d'une gamine.

— Tu dors dur ?

— Moi, oui… mais mon frère n'arrivait pas à dormir quand mon père s'endormait au salon…

— Non ?

— En fait, quand mon père dort dans sa chambre, au premier, la porte fermée, on l'entend à peine… mais, parfois, par nostalgie, il dort au salon…

— Par nosta…

— Oui… quand il s'ennuie de Joseph, il dort au salon… réplique rapidement Marie, les yeux rêveurs.

— …

— Comme quand il l'attendait des nuits entières, pis qu'il espérait le voir revenir…

— Pis ton frère, il…

Marie change brusquement le chemin qu'empruntait de plus en plus la conversation.

— Tu descends déjeuner ? Le père est allé acheter des trucs, pis il va revenir bientôt. Faudrait peut-être que tu sois au boulot…

— Ok, mais…

— Suis très gentille, tu sauras… Je t'ai laissé dormir… Il est dix heures, lance Marie, toujours avec le sourire d'une gamine.

— Dix ?

— Eh oui ! C'est pour ça que je te demandais si t'avais ben dormi !

— Pis ton père ?

— Il a commencé la journée, tout seul.

— Pis il est...

— Il est pas fâché... T'inquiètes... termine Marie avant de faire un tour sur ses talons.

Tommy se lève aussitôt que Marie quitte le cadrage. Il enfile des vêtements à la vitesse de l'éclair et descend les marches par deux trois.

— Pas une raison pour te péter la gueule... quand même ! Tu penses pas ? propose Marie, l'œil inquiet.

— Ouin...

— Mon père garde pas ça des handicapés dans sa maison.

— ...

— Je rigole..., dit Marie avec un sourire d'ange.

Non, cette Marie-là n'a rien à voir avec celle de son souvenir de la veille. La Marie qui complotait avec la vilaine Mélissa. Celle qui semblait en vouloir à sa vie. Du moins, par le biais des autres protagonistes environnants : Mélissa, son géant de chum débile et son père Rock.

Encore une fois, un frisson le saisit lorsqu'il repense à la maudite phrase que Mélissa avait dite : *Il attend juste ça, lui, de le tuer. L'autre jour, il a fallu que je le retienne sinon, il l'aurait pendu.* Pendu ? Vraiment ? Il savait que c'était grave comme paroles. Que ce soit le chum sans cervelle qui l'ait pensée ou que ce soit Mélissa qui l'ait prononcée, c'était sérieusement grave.

Tout cela le hante pendant qu'il avale avec empressement les non moins délicieuses crêpes préparées par Marie, alors que cette dernière termine de ranger la cuisine, comme si elle appréhendait un retour soudain de son père. Un retour où le père trouverait sa fille non pas en préparation du dîner, mais plutôt affairée à terminer le déjeuner de son employé bénévole, le champion de la grasse matinée.

Tommy se sentait devenir confus. Ce qu'il voyait, ce qu'il mangeait, la phrase coup-de-poing de Mélissa, tout ça le brassait à l'intérieur. Parce que tout ça n'allait pas ensemble. Les différentes émotions ressenties ne communiquaient pas entre elles.

— Ça va, t'as l'air ben loin ? remarque Marie, encore une fois l'œil inquiet.

— Euh... non, non...

— Certain ?

— En fait, je repensais à chez moi...

— Chez toi ? demande Marie, d'une voix qui semble distraite.

— Maison familiale...

— Celle d'où tu viens ?

— Euh... oui...

— Ok...

— Pourquoi tu me demandes ça ?

— Non, rien... juste comme ça... dit-elle, en enlevant son tablier.

Ce qui avait tenu Tommy éveillé jusqu'aux petites heures du matin recommençait à l'envahir. Le père étant absent, c'était le temps de poser quelques questions.

— Sans blague, pourquoi, tu demandes ça de même ?

— Juste de même, il y a pas de...

Marie devient vraiment très nerveuse.

C'est une autre Marie que Tommy a devant lui. Rien à voir avec celle qu'il avait vue déambuler avec un air parfois trop coquin et angélique à la fois.

— Bon, t'as terminé... faudrait que..., envoie sèchement Marie.

— Que?

— Que t'ailles travailler... il va revenir.

— Pis?

— Pis j'ai été gentille, je t'ai laissé dormir... réplique Marie avec un sourire et des yeux joyeux, juste avant de passer à un air contradictoire... Mais là...

— Là quoi?

La porte extérieure près de la cuisine s'ouvre d'un seul coup, violemment. Tommy sursaute, mais pas autant que Marie qui, à voir ses yeux, semble frôler un début de crise d'hystérie de l'intérieur.

— Oups... Désolé, je voulais pas vous effrayer...

Ni Tommy ni Marie ne bougent. Le père dépose une énorme boîte sur le comptoir et ne semble pas remarquer le malaise installé dans les lieux.

— Tiens, t'es levé... Bien dormi, mon Tom ?

— Oui, oui... répond Tommy avec une voix pas très claire.

— Même avec mon son de gorge à la John Deer ? demande le père, avant de faire retentir son rire gras dans toute la maisonnée.

Tommy essaie un sourire qui n'est pas très convaincant. Mais le père de Marie ne semble pas s'en offusquer. Il fait un signe de la main à sa fille afin qu'elle range le contenu de la boîte. Le père a effectivement un non verbal assez facile à comprendre lorsqu'il veut passer un message.

— Bon, mon Tom... T'as une grosse journée devant toi... une sacrée grosse, à part ça !

— Bon, ben, je vais m'y mettre tout de suite, dit Tommy en se dirigeant vers la sortie.

— Où est-ce que tu penses que tu vas de même ?

Tommy se fige sur place comme une proie qui sent le chasseur embusqué.

— Ben... Euh... Travailler...

— Non, non. Laisse faire ça un peu, pis suis-moi.

L'homme se dirige vers une porte presque invisible, dans un coin de la pièce. Alors qu'il pose la main sur la poignée, il se retourne vers Tommy, sourire en coin.

— Pour l'instant, on a des choses ben plus importantes à régler.

Puis, il ouvre la porte et disparait dans la pénombre qui s'étend derrière. Tommy jette un regard à Marie comme si elle allait le sauver, le retenir d'y aller. Mais non, elle n'en fait rien. Elle se contente de le fixer, aussi froide que la lame d'un couteau. Et muette comme la mort. Celle qui l'attend sans doute s'il suit son hôte au-delà de cette porte...

— Tu viens-tu ou ben t'attends le père Noël?

— J'arrive, j'arrive...

Tommy avance vers l'ouverture en tremblant. Il ne peut s'empêcher de la comparer à une gueule prête à l'avaler. Et il sait en y entrant qu'il n'en reviendra pas. Du moins, pas indemne. Parce qu'avant même que ses yeux s'habituent à la noirceur et qu'un escalier descendant se dévoile devant lui, il sent l'odeur. Subtile, mais bien réelle. Celle de la porcherie, celle de son passé qui se glisse dans ses narines. Alors que sa tête commence à tourner, il se cramponne aux rebords de la porte et décide de commencer à descendre. Faire comme il avait prévu hier soir, surtout ne rien laisser paraître. Jouer le jeu et les prendre à leur propre piège. C'est pour ça qu'il parle d'une voix calme, du moins, le plus calme qu'il le peut dans les circonstances :

— Je m'en viens. Mais, euh, c'est quoi qu'on va faire en bas ?

— On va nourrir le rôdeur.

— Qui ça ?

Plus ses yeux apprivoisent la pénombre environnante, plus Tommy parvient à discerner les contours du père de Marie. La silhouette n'est pas tellement loin devant lui, quelques mètres plus bas.

Il entend l'homme rire.

— Ben non, c'est pas une personne...

Clic ! Une vive lumière surprend Tommy qui sursaute. Son hôte, qui vient d'allumer une ampoule au plafond, le regarde un sourire aux lèvres.

— Le rôdeur, c'est ça.

L'homme pointe quelque chose que Tommy, encore dans les marches, ne peut pas voir pour le moment. Toujours sans laisser paraître ses craintes, il vient rejoindre le père de Marie. Et c'est là qu'il voit ce que celui-ci voulait lui montrer.

— C'est-tu pas super, ça ? Hein, mon Tom, quessé que t'en penses ?

Pour l'instant, Tommy a presque mal aux yeux tant la puanteur du fumier de porc est intense. Mais en se concentrant, il parvient à voir la pièce dans laquelle il vient d'arriver. Il n'en croit pas ses yeux. Tous les espaces de tous les murs du sous-sol sont couverts de vidéocassettes, autant des VHS que des Betamax, en plus de mini DV et de bobines de 8mm. Il doit y en avoir plusieurs milliers. Au centre de la pièce, il y a une caméra vidéo HD et deux chaises noires. La caméra sur un trépied se trouve entre les deux chaises, pointée vers l'une d'elles.

— Euh… Vous collectionnez les films ?

Le sourire s'efface des lèvres de l'homme.

— Non. Je vois que t'as pas compris.

Michel soupire et se gratte la tête.

— C'est pas grave. Tu vas comprendre pendant qu'on le fait.

Tommy se retient de demander : pendant qu'on fait quoi ? de peur que son hôte perde patience. Il le suit plutôt vers les deux chaises en plissant les yeux pour lire les écritures sur les cassettes vidéo. Ce sont des noms. D'hommes. De femmes. Et des dates. Tommy ne reconnaît aucun des noms qu'il a eu le temps d'entrevoir.

— Sois pas gêné, assis-toi.

Le père de Marie lui désigne du doigt la chaise sur laquelle est pointé l'objectif de la caméra. C'est à ce moment que Tommy remarque le seau de métal placé à la droite de cette chaise. Une chaudière remplie de fumier. L'odeur vient de là et il doit s'asseoir juste à côté! L'autre ne semble pas incommodé le moins du monde par la senteur qui poigne au nez. Pendant quelques secondes, Tommy considère sérieusement la fuite. Prendre ses jambes à son cou et quitter ce sous-sol infect, partir de cette maison aux habitants étranges, reprendre la route... Mais pour aller où? S'il agissait ainsi sur un coup de tête, il n'irait probablement pas très loin... L'homme et sa fille le rattraperaient et Tommy n'aurait plus de joker dans son jeu. Finie la surprise. Non, il doit rester même si cela implique l'odeur du passé. Pris d'un soudain mal de tête, Tommy prend tout de même place en pensant qu'il avait déjà été mieux assis. Le dossier en plastique dur penche dans un angle étrange, de sorte que son dos est courbé vers l'avant. Il espérait ne pas être assis dans cette position inconfortable trop longtemps. Et surtout de remonter au plus vite en haut pour ne plus avoir à sentir l'insupportable odeur des porcs.

— Bon. Tu vas voir, c'est rien de bien compliqué, ce que je vais te demander de faire. Pis, si tu te sens gêné, ben regarde-moi pour oublier la caméra. C'est le truc que je donne à tout le monde.

Tommy tente de lui demander : *À tout le monde ?* mais un hoquet de bile lui brûle la gorge. Il met la main devant sa bouche et ferme les yeux un moment pour tenter de calmer la nausée qui l'envahit.

— Je vais te poser des questions. Sur toi. Sur d'où tu viens. Et vers où tu vas. En fin de compte, sur ta vie. Et quand tu vas y répondre, je veux que tu m'appelles le rôdeur, ok ?

Tommy hoche la tête, mais l'autre semble deviner son incompréhension ; il soupire de nouveau et se gratte encore une fois la tête. Un peu plus frénétiquement que la fois précédente.

— Qu'est-ce que tu comprends pas dans ce que j'explique, mon Tom ? C'est pas compliqué, là.

Tommy parle lentement pour ne pas provoquer un nouveau hoquet nauséeux.

— Pourquoi tout ça ?

Les yeux de son hôte s'illuminent après un instant. Et son sourire revient, bienveillant, comme si la situation était parfaitement normale pour lui.

— Ah! Je sais pourquoi tu comprends pas! C'est parce qu'il manque quelque chose. En fait, il manque la chose la plus importante!

L'homme, l'air soudain tout excité, court jusqu'à l'escalier qu'il remonte quatre à quatre. Il y avait un escalier? Ça, Tommy ne s'en souvenait pas. Il a plutôt l'impression d'avoir passé à travers le gros buffet en bois, qui s'était ouvert en deux, comme la mer Rouge devant Moïse, avant de se retrouver ici. Il était confus. Mais comme l'homme a quitté la pièce, il en profite pour se lever. L'idée de fuir lui traverse encore l'esprit, mais il la repousse encore une fois : Michel n'était pas loin et pourrait lui barrer la route à tout moment.

Les cassettes. Il s'en approche, curieux d'en apprendre davantage. Des noms inconnus et des dates. Il constate que les cassettes sont classées par ordre chronologique : les plus vieilles remontent au milieu des années 80. Était-ce son hôte qui avait filmé tout ça ? Et de quoi s'agissait-il exactement ?

Tommy n'a pas le temps d'en savoir plus, déjà il entend l'homme redescendre les marches. Vite ! Il se précipite sur sa chaise juste à temps. L'autre arrive à ses côtés avec une grosse boîte en main. Une boîte semblable à celle qu'il avait ramenée tout à l'heure, pendant que Tommy déjeunait. Une boîte d'épicerie ?

— Celle-là, elle est pour toi. Spécialement pour toi. Pis quand tu vas voir ce qu'il y a dedans, tu vas comprendre ben des affaires.

Il la dépose sur le côté gauche de la chaise où Tommy est assis. Celui-ci se penche pour l'ouvrir, mais son hôte l'en empêche d'un geste brusque.

— Non ! Pas tout de suite. Il faut qu'on fasse ça dans l'ordre. Comme avec tous les autres. En premier, je te pose les questions. Pis oublie pas, il faut que tu m'appelles le rôdeur, quand tu réponds. Pis après ça, tu ouvres la boîte. C'est comme dans la vie, ça, le jeune. Il y a des étapes à respecter.

Tommy a failli lui rétorquer qu'il n'en avait rien à faire des étapes, qu'il en avait soupé des discours que son père lui débitait sur la bonne route, l'unique route à prendre pour mener sa vie à bien! Mais, de justesse encore une fois, il parvient à se contrôler.

— Je suis prêt. Allez-y, posez-moi vos questions, le rôdeur.

— Bon, tu vois, tu comprends quand tu m'écoutes comme il faut. C'est bien ça.

L'homme va chercher une cassette dont l'étiquette sur le côté est encore vierge et, après avoir sorti un stylo de sa poche, il écrit le nom de Tommy et la date. De plus en plus souriant, il insère la cassette dans la caméra et appuie sur un bouton. Tommy avait pourtant cru voir une caméra HD. Un petit voyant rouge s'active devant l'appareil et Tommy devine qu'à partir de ce moment, il est filmé.

Le père de Marie emprunte une voix nasillarde, presque féminine, quand il prend place sur la chaise devant Tommy :

— Ici, le rôdeur. Je suis en compagnie de Tommy. Et voici une question qu'on veut tous savoir à son sujet…

Encore une fois, le soleil plombe sur le lit, alors que Tommy ouvre le premier œil. Pris de panique comme s'il venait de sortir d'un mauvais rêve, il descend tellement rapidement de son lit qu'il tombe par terre. Les jambes encore engourdies par le sommeil récent, il n'avait pas réussi à bien placer le pied. Il regarde autour de lui. Personne. Aucune âme. Marie n'y est pas cette fois. Il remarque par contre qu'on a changé les fleurs dans sa chambre.

Il court s'enfermer dans la salle de bain. Là aussi, les fleurs sont neuves. Malgré l'absence de miroir, il tente de scruter son corps du mieux qu'il peut, à la recherche d'indices. Tommy est certain de ne pas avoir cauchemardé tout ça. Et s'il n'avait pas vécu l'interrogatoire pour vrai dans la salle étrange ? Ce rêve abominable est pourtant resté comme un tatou dans sa mémoire. Des marques, voilà ce qu'il cherche sur son corps. Des marques de débats. Des marques de coups. Des marques de séquestration. Des marques qui prouveraient qu'on l'a drogué. Des marques.

Tommy ne trouve rien. Rien qui se rattache dans le réel à son histoire tirée des rêves. Ça doit être encore une fois un mauvais rêve. Un fort mauvais rêve. Il s'écrase en petit bonhomme adossé à la porte de la salle de bain. On cogne doucement.

— Tommy ? Tommy, ça va bien ?

C'est la voix douce de Marie de l'autre côté de la porte. Tommy prend un temps avant de répondre.

— Oui...

— T'es certain ? Je t'ai entendu tomber... Je sortais un plat du four, mais je suis montée aussitôt que j'ai pu...

— Ça va.

— J'espère que t'as bien dormi... Je t'ai laissé dormir plus longtemps, mon père est parti en ville.

— Il est quelle heure ?

— Midi.

— Midi ?

— T'en fais pas, j'ai fait la besogne de début de journée... mon père ne saura pas que tu n'as pas travaillé.

— Mais, pourquoi tu...

— Suis juste gentille... Je t'ai laissé dormir...

Tommy sent à travers la porte que Marie s'est adossée elle aussi. Il peut entendre une résonnance dans la porte lorsqu'elle parle. Il accote son oreille à la porte et se demande si elle est dans la même position de l'autre côté.

— Tommy ?

— Oui, Marie.

— Tu vas penser que je suis folle...

— Euh... pourquoi tu dis ça ?

— Parce que j'aime ça te regarder dormir...

Même si ça aurait dû le faire réagir, Tommy ne répond rien. En fait, son cerveau s'est mis tout à coup à off. Il ne sait pas si Marie est folle, mais l'histoire des derniers jours était, elle, complètement folle. À moins que ça ne soit lui qui déraille pour de bon. La voix douce de Marie reprend là où elle avait fait une pause.

— Je te trouve beau... T'es beau quand tu dors... J'aime tellement ça te regarder que je te laisserais dormir tout le temps si je le pouvais... Je me sens bien quand t'as les yeux fermés et qu'un souffle gonfle tes pectoraux sous les couvertures... T'es beau à voir... Ça me calme... Me sens moins seule... T'es beau quand tu dors... Tu sais, je regardais souvent Joseph dormir quand j'étais jeune... Je dormais tôt en soirée pour me lever avant le soleil, et là, je m'installais dans le cadre de la porte de sa chambre pour le regarder... Il dormait tellement bien... Pis, il nous a quittés... Je m'ennuyais, tsé, de ne plus regarder quelqu'un dormir... Pis t'es arrivé... Toi, Tommy, qui est si beau à voir dormir...

Il reste immobile, ne sachant pas s'il doit se lever et se lancer par la fenêtre ou ouvrir la porte brusquement, enjamber Marie et partir loin. Tommy est supposément seul à la maison avec elle et il est évident que cette jeune fille ne pourrait l'empêcher de partir. Partir loin. La laisser là, seule. Seule avec sa folie. Parce que Tommy se pose de sérieuses questions à la suite de ces révélations. Marie a un problème, c'était devenu une évidence pour lui, mais il n'arrive pas à se prononcer sur le niveau de dangerosité de son problème. Il trouve que ça commence à faire beaucoup en peu de temps. Mélissa et son grand chum le cogneur, les cauchemars qui ont l'air si vrais, les voix entendues, ce que Marie vient de déballer, tout ça, la somme des trucs étranges et effrayants, tout ça venait de prendre la totalité de l'espace disponible dans sa tête. Marie continuait de parler de son frère, mais Tommy l'entendait dorénavant comme s'il avait la tête dans un aquarium. Il ne bougeait pas. Ne se levait pas. Ne fuyait pas. Même si les deux étaient toujours aussi près l'un de l'autre, une mince porte de bois les séparant, il entendait Marie de loin. Tommy se souvenait de ses otites à répétitions, dans sa jeunesse, qui lui avaient fait trouver sa fameuse comparaison avec l'aquarium.

Tommy, les paroles de Marie au loin, plonge dans ses souvenirs de la maison familiale. Il se rappelle le nombre de fois qu'il a eu des discussions avec sa mère, séparés par une porte, car il s'était enfermé dans sa chambre. S'enfermer, il l'avait fait souvent, pour se sauver de la porcherie.

Se sauver de la sale besogne. Chaque fois, sa mère lui avait parlé. Ils avaient maintes fois eu des discussions, adossés de chaque côté de la porte. S'enfermer, Tommy avait bien connu. Peut-être qu'inconsciemment c'est ce qui l'avait poussé à quitter la maison à la mort de son père.

— Ça va ?

— C'est ok...

— Tu ne veux pas sortir ?

— Non, pas tout de suite...

— Il est pas fâché que tu sois pas allé travailler... tu sais, le Bon Dieu...

— Peut-être, mais je veux rester ici...

— Je te fais signe quand il rentre ?

— Il revient quand ?

— Sûrement ben tard...

La voix de Marie revenait, tranquillement, de plus en plus près. Elle était toujours aussi douce. Tommy pouvait imaginer le sourire qu'elle avait à cet instant, en racontant son histoire.

— Il revient quand ?

— ...

— Marie ?

— Oui...

— Il revient quand ?

— Sûrement ben tard... Il revient toujours tard de la ville, quand il va voir le curé... Il part avant le lever du soleil et revient... tard...

Tommy ouvre les yeux. L'odeur de la porcherie. Encore une fois, elle lui fait tourner la tête. Il est assis devant cette caméra, l'œil du cyclope, qui attend autant que le rôdeur la réponse à sa question.

— Euh… Pouvez-vous répéter la question? Je… J'en ai manqué un bout… J'ai l'impression que j'étais ailleurs pendant un moment…

Michel, assis devant lui, fronce les sourcils. Tommy ne parvient qu'à lui voir la moitié du visage. Un visage qui semble s'affiner à chaque seconde passée en sa compagnie, comme si c'était celui d'une femme. C'est d'ailleurs avec une voix flûtée qu'il lui répond :

— Non, la question, tu l'as déjà entendue. Tu cherches à gagner du temps… Tu cherches toujours à fuir. Depuis ce qui s'est passé le 25 décembre, et je ne parle pas ici de la mort de ton père… Quoique, c'est relié. Non, je parle de l'autre truc. C'est de ça qu'on veut que tu nous parles. Alors, arrête d'essayer de gagner du temps pis réponds à la question ! S'il vous plait…

— Euh…

La voix du rôdeur devient de plus en plus douce.

— Et comment as-tu fait pour ne pas laisser de traces aussi longtemps ?

— Je…

— Tu te cachais ? Tu avais des complices ?

Tommy ne sait vraiment pas. Que peut-il répondre à ces questions étranges ? Il a l'impression que le début de l'interrogatoire n'était qu'un rêve et qu'il se réveillera bientôt dans la chambre du haut. Celle de Joseph… Mais là, en ce moment, se trouve-t-il vraiment dans cette cave, en train de subir cet interrogatoire avec cet homme à la voix de femme ou n'est-ce que la suite de ce cauchemar fiévreux ?

Il est trop étourdi pour réfléchir correctement.

— Pourquoi vous avez mis du purin de porc? Pourquoi?

Le rôdeur dévisage Tommy. Il se relève lentement pour que le jeune voie bien le sourire qui étire ses lèvres à l'extrême. Mais il reste de profil, comme s'il voulait cacher l'autre moitié de son visage. Ça ne ressemble pas du tout à un sourire de joie, Michel est fou, il n'y a plus de doute possible.

— Voyons, réfléchis un peu... Le purin de porc, c'est pour t'aider à te replonger dans ton passé. Le passé, ici, ça nous passionne. Surtout ce souvenir en particulier qu'on veut que tu avoues, relance la voix féminine qui tente de prendre une voix d'homme.

Un écho semble se répercuter contre les murs garnis de vidéocassettes du sous-sol: *Oui, j'avoue. Oui, j'avoue. Oui, j'avoue.* C'était juste dans sa tête, non?

D'un seul coup, le sourire du rôdeur s'efface. Et ses yeux se referment en deux fentes qui tentent de scruter l'âme de Tommy.

— Si tu réponds pas à la question dans cinq secondes, tu vas le regretter.

— Euh...

— Cinq.

Tommy sent tout son corps se couvrir de sueur.

— Quatre.

Il se lève d'un coup, mais reste paralysé devant le regard du rôdeur.

— Trois.

Retenant son souffle, il pense à fuir. Non, Marie doit l'attendre en haut.

— Deux.

La caméra. Il la prend et la soulève dans les airs, prêt à frapper le fou furieux avec. Michel demeure de glace, comme s'il avait prévu le coup.

— Un. Tant pis pour toi.

Tommy lui assène un violent coup de son arme improvisée. Mais le rôdeur esquive de justesse le coup en se jetant contre Tommy. Ils tombent tous les deux à la renverse. La caméra lui échappe des mains. Il sent une puissante serre se refermer sur son cou. Au-dessus de lui, Michel semble prendre un malin plaisir à l'étrangler. Michel tourne la tête pour lui montrer son autre profil. Pendant une seconde ou deux, alors qu'il perdait la carte, Tommy ne le voyait plus lui, mais Marie. C'est Marie qui l'étranglait.

— Au dodo... J'aime ça te regarder dormir... T'es si beau...

Noir. Mal de tête. Nausée. Tommy se réveille en vomissant. Devant lui, à quelques centimètres, le seau rempli de purin de porc. Ses bras lui font mal. Ils sont attachés dans son dos. Derrière sa tête, il sent un poids peser de plus en plus fort pour le forcer à descendre vers le fumier.

— Vas-y, Marie, écrase-le en dessous de ta botte.

La voix de Mélissa. Encore elle!

— Non, répond Marie, mon père aurait peut-être fait ça. Mais pas moi. Moi, je veux qu'il avoue ce qu'il a fait!

Et elle appuie encore plus fort. Le nez de Tommy frôle le purin. Sa bouche se remplit à nouveau de bile et il pense s'évanouir dans les vapeurs pestilentielles.

— Tommy, là, t'ouvre ben grandes tes oreilles! Je vais répéter ma question une dernière fois: qu'est-ce que t'as fait de Cathy, pis de son chien?

Il ne peut que marmonner des mots incompréhensibles en recrachant la bile. Il aurait aimé dire: *Je sais pas de quoi vous parlez*. Trop tard. D'un coup de pied sec, elle lui enfonce la tête dans le purin.

L'odeur de la porcherie. La même que celle enfouie au fond de son crâne.

Les porcs. Ils criaient ce soir-là. Plus que d'habitude. Ils sentaient peut-être que quelque chose d'inhabituel allait se produire. Tommy était caché derrière un mur qui séparait les porcelets nouveau-nés et leur mère des autres porcs. Il entendait son père rire. Jamais il ne riait quand Tommy lui racontait une blague. Mais celles de Cathy lui ont plu dès son arrivée à la ferme. Cathy, cette itinérante qui rôdait sur les routes en quête de petites besognes en échange d'un toit et d'un peu de nourriture. Le père de Tommy avait pourtant dit à ses fils qu'elle ne resterait pas longtemps, qu'elle serait partie bien avant Noël, une fois le toit du cabanon réparé… Mais, c'était le 25 décembre, et elle n'était toujours pas partie, elle et son maudit chien sans nom qui n'arrêtait pas de japper.

Comme s'il y avait tant de choses que ça à réparer sur la ferme !

— C'est gentil de me garder pour Noël…

— Le Bon Dieu aurait pas aimé que je vous laisse dehors comme des chiens pour la naissance de son fils, toi et ton chien…

— C'est gentil…

— Pis toi, t'es travaillante. Ben plus que mes gars.

— Ben, merci, m'sieur.

— Bâtard ! J'ai honte d'eux autres. Ils veulent rien savoir de reprendre la porcherie. C't'une affaire de famille, ça ! Les ingrats !

— C'est plate ça… Je trouve ça ben triste cette affaire-là…

— C'aurait dû être toi, mon enfant. Toi, t'aurais pu continuer cette fierté familiale. Hein ? Qu'est-ce que t'en dis ? J'suis sûr que t'aurais aimé ça ?

— Oui, j'avoue.

Les dents serrées, Tommy se retenait de pleurer. Son père venait d'avouer sans hésitation qu'il préférait cette inconnue à eux, ses propres enfants !

Bouffée d'air frais. On vient de tirer Tommy hors du purin. Hors de son souvenir. Il entend les rires de Mélissa.

— Toi, t'es mieux de parler, parce que sinon, c'est pas de la marde que tu vas avoir dans la face, c'est du sang! crie une voix que Tommy associe immédiatement à un mastodonte en particulier, le chum de Mélissa.

Le chum géant se tient tout près. Tommy ne l'a pas entendu ni vu arriver. C'est lorsque le poing de l'armoire à glace prend contact avec sa mâchoire qu'il se remémore le soir où on s'était amusé à le tabasser. Il ne peut pas croire que tout ça va recommencer. L'interrogatoire débile de Michel passe encore, mais les coups du gros tas de muscles, ça, il s'en serait passé volontiers.

— Avec mon chum, tu vas peut-être avoir le goût de raconter ce qui s'est vraiment passé… lance Mélissa.

— Une réponse, pas de coups… Pas de réponses, plusieurs coups… ajoute son chum.

— Oui, j'avoue…précise la fille.

— Des gros coups dans ta *yeule*, *Man*… renchérit l'épais.

Malgré les menaces, Tommy ne pense qu'à Marie. Il est évident pour lui qu'elle doit être terrifiée, elle qui est si douce. Profitant du fait que ses bourreaux se regardent pour se foutre de la gueule de leur prisonnier, Tommy se lève d'un coup sec et prend une chaudière déposée devant l'étagère, à sa droite. Il regarde ses mains libres. Ses bras n'étaient pas attachés ? L'armoire à glace, alertée par sa blonde, se retourne, le poing levé. Tommy frappe en premier, le géant en deuxième. Du sang est éjecté des deux côtés. Tommy esquive un coup et réussit à frapper violemment le colosse à la tête, sous l'œil droit. Ce dernier, perdant l'équilibre, va presque s'effondrer sur sa blonde. Mélissa quitte rapidement la pièce, la main droite sur le visage. Avec son ennemi en déséquilibre, Tommy pense à filer, mais Michel arrive en hurlant.

— Du calme, mon Tom, du calme !

Sans prendre le temps de réfléchir, Tommy saute sur l'homme. Il élance plusieurs coups de poing que Michel sait arrêter en se protégeant. En bloquant le dernier, le père de Marie arrive à retenir son assaillant, mais Tommy se libère en perdant toutefois l'équilibre. Michel en profite pour lui descendre un poing en pleine gueule, ce qui l'immobilise pour de bon au plancher.

— Du calme, mon Tom, du calme, du calme, du calme...

Le père de Marie tombe à genou, à bout de souffle. Il lève les yeux vers le plafond, comme s'il regardait vers le ciel, et lâche un long soupir comme une prière.

Tommy ouvre l'œil gauche en premier. Un soleil splendide annonce une journée de travail sous une chaleur intense. Il sait qu'il y aura beaucoup de boulot. Il sait qu'aussitôt qu'il se sera étiré, habillé et qu'il aura engouffré son déjeuner, ce sera une journée interminable. Tommy n'a donc pas de temps à perdre. La quantité de lumière qui entre dans la chambre l'informe qu'il est tôt. Il n'a donc pas dormi trop tard, cette fois. Il tente de se lever, mais non sans difficultés. Étourdi, il a un mal de crâne intense et des douleurs au visage, puis aux côtes. En se retournant tranquillement, avec douleur, il aperçoit une silhouette dans le cadre de la porte de sa chambre. Tommy laisse retomber sa tête sur son oreiller en grimaçant. Lâche un long souffle. Ferme les yeux. Pleure.

Marie, avec sa voix doucereuse, des ecchymoses très apparentes sous l'œil droit, s'approche du lit.

— Tu voudrais-tu encore dormir pour moi ? Juste pour moi ?

ÉPILOGUE

La Sûreté du Québec recherche
Tommy Joseph Sergerie Junior
16 juillet 2013

Les policiers de la Sûreté du Québec demandent l'aide du public afin de retracer un individu.

Tommy Joseph Sergerie Junior, 19 ans, de Saint-Liboire, est recherché depuis le 25 décembre 2011, en vertu de plusieurs mandats d'arrestation pour tentative de meurtre, enlèvement, avoir proféré des menaces, ainsi que pour le vol de plusieurs sommes d'argent. Il est considéré comme armé et dangereux.

L'événement principal est survenu dans une maison familiale située à Saint-Liboire en décembre 2011. Une jeune femme avait été grièvement blessée après avoir été atteinte par projectile. Une enquête avait été ouverte, mais le suspect n'avait pas été retracé.

De nouveaux événements survenus le 16 février 2013 ont mené à l'émission d'un mandat d'arrestation supplémentaire contre ce même individu pour avoir proféré des menaces à un tenancier de motel de l'Estrie.

DESCRIPTION PHYSIQUE
- Taille : 1,80 m
- Poids : 75 kg
- Cheveux : bruns
- Yeux : bruns

Il est à noter que le suspect est atteint de schizophrénie et qu'il souffre également d'un trouble obsessionnel compulsif. L'individu recherché n'a probablement pas pris ses médicaments depuis son départ de la maison familiale.

Tommy Joseph Sergerie Junior pourrait se trouver en Estrie ou en Montérégie.

La Sûreté du Québec invite toute personne qui apercevrait cet individu à ne pas entrer en contact avec lui et à communiquer immédiatement avec les policiers.

Greenfield Park, 15 mai 2013 –
Longueuil, 15 juin 2013

Pierre Labrie

Écrivain, **Pierre Labrie** est né à Mont-Joli en 1972. Il a publié une douzaine de livres de poésie pour les adultes et les ados, dont *Le vent tout autour* qui sera finaliste au Grand Prix Quebecor du Festival international de poésie en 2008. Pierre Labrie est l'auteur d'une dizaine de livres pour la jeunesse, dont la série *Mistral*. En 2009, il a fait paraître un premier roman pour adultes, *Mais moi je dormais*. En plus d'avoir été finaliste à de nombreux prix littéraires, il remporte le Prix de littérature Gérald-Godin 2005 pour *à minuit. changez la date*, le Prix de poésie Rina-Lasnier 2011 pour *Mémoires analogues*, ainsi que le Prix littéraire des enseignants AQPF-ANEL 2013 pour *Nous sommes ce continent*.

Jonathan Reynolds

Né à Bromptonville en 1980, Jonathan Reynolds écrit des histoires de peur depuis son enfance. Serait-ce parce qu'il est né la même année qu'Alfred Hitchcock est mort ? Ou simplement parce qu'il ne parvient pas à faire de cauchemars, la nuit ? Chose certaine, ce sont les histoires troubles qui l'intéressent. À ce jour, il a publié une douzaine de livres d'épouvante, sous forme de romans, romans jeunesse et recueils de nouvelles, ainsi qu'un bon nombre de nouvelles dans plusieurs revues et fanzines spécialisés dont *Solaris*, *Alibis*, *Brins d'éternité*, etc. Jonathan Reynolds adore les routes étranges… surtout celles qui semblent mener nulle part.

Des mêmes auteurs

Pierre Labrie

à tout hasard, recueil de poèmes, manifeste, écrit avec Carl Lacharité et la participation de l'artiste Alain Fleurent, Éditions d'art Le Sabord, coll. « excentriq », 2000.

cage verte, poésie, avec des œuvres de l'auteur, Éditions Cobalt, coll. « explosante / fixe », numéro 5, 2001.

l'amour usinaire, poésie, Écrits des Forges, 2002. (Finaliste au Prix de littérature Gérald-Godin 2003 et au Prix de poésie Félix-Leclerc 2003)

voyage dans chacune des Cellules, poésie, Éditions Trois-Pistoles, 2003. (Finaliste au Prix de littérature Gérald-Godin 2004)

à minuit. changez la date, poésie, Écrits des Forges, 2004. (Prix de littérature Gérald-Godin 2005)

la pléiade des nombres épidémiques, poésie, Éditions Trois-Pistoles, 2005.

le mobile du temps, poésie, Éditions Trois-Pistoles, 2006. (Finaliste au Prix de littérature Clément-Morin 2007)

Locoleitmotive, poésie-polar, écrit avec Michel Châteauneuf et Frédérick Durand, Éditions d'art Le Sabord, coll. « Recto Verso », 2007.

Rixe et paranormal, poésie, Éditions Trois-Pistoles, 2008.

Le vent tout autour, poésie pour ados, Éditions de la Bagnole, 2008. (Finaliste au Prix de littérature Clément-Morin 2008 et au Grand Prix Quebecor du Festival International de la Poésie 2008)

Mais moi je dormais, roman, Éditions Trois-Pistoles, 2009.

mémoires analogues, poésie, Éditions Trois-Pistoles, 2010. (Prix de poésie Rina-Lasnier 2011)

Mistral : La princesse des mites (Tome 1), roman jeunesse, Éditions Z'ailées, 2010.

Mistral : Au pays des mouches (Tome 2), roman jeunesse, Éditions Z'ailées, 2010.

Mistral : Le monstre du lac Sandy (Tome 3), roman jeunesse, Éditions Z'ailées, 2011.

Ajouts actuels aux révélations, poésie, Éditions Trois-Pistoles, 2011.

Salto — L'ultime défi (Tome 1), avec des illustrations de Tristan Demers, album, Boomerang éditeur jeunesse, 2012. (Finaliste et mention / Honour Books for Le Prix Peuplier 2013 - Forest of reading by the Ontario Library Association)

Salto — Le vrai héros (Tome 2), avec des illustrations de Tristan Demers, album, Boomerang éditeur jeunesse, 2012.

Salto — À la rescousse! (Tome 3), avec des illustrations de Tristan Demers, album, Boomerang éditeur jeunesse, 2012.

Mistral: Les zombis du fleuve (Tome 4), roman jeunesse, Éditions Z'ailées, 2012.

Nous sommes ce continent, poésie pour ados, Soulières Éditeur, 2012. (Prix littéraire des enseignants AQPF-ANEL 2013 - catégorie poésie et finaliste au Prix Alvine-Bélisle 2013)

Les 4 Super — Mauvais joueur!, écrit avec Nadine Descheneaux, avec des illustrations d'Éric Péladeau, album, Andara éditeur, 2012.

Les 4 Super – Ce n'est pas du gâteau!, écrit avec Nadine Descheneaux, avec des illustrations d'Éric Péladeau, album, Andara éditeur, 2012.

La 132, écrit avec Nadine Descheneaux, roman. Andara éditeur, 2012.

L'Étape, écrit avec Nadine Descheneaux, roman. Andara éditeur, 2012.

Le camp, écrit avec Nadine Descheneaux, roman. Andara éditeur, 2013.

Les 4 Super — Château fort!, écrit avec Nadine Descheneaux, avec des illustrations d'Éric Péladeau, album, Andara éditeur, 2013.

Les 4 Super – À la plage!, écrit avec Nadine Descheneaux; avec des illustrations d'Éric Péladeau, album, Andara éditeur, 2013.

Salto- L'Étang Express (Tome 5), avec des illustrations de Tristan Demers; album. Boomerang éditeur jeunesse, 24 pages, 2013.

Salto- Duo d'espions (Tome 4), avec des illustrations de Tristan Demers; album. Boomerang éditeur jeunesse, 24 pages, 2012.

Jonathan Reynolds

Ombres, roman fantastique, éditions Les Six Brumes, 2002.

Nocturne, roman d'horreur, éditions Les Six Brumes, 2005.

La légende de McNeil, novella fantastique, éditions
Les Six Brumes, 2008.

Silencieuses, recueil de nouvelles, éditions
Les Six Brumes, 2008.

Épitaphes, recueil de nouvelles, éditions Z'ailées, 2008.

Cris de sang, roman d'épouvante jeunesse, éditions Z'ailées,
2009.

Déguisements à vendre, roman d'épouvante jeunesse,
éditions Z'ailées, 2009.

La nuit du tueur, novella d'épouvante, éditions Z'ailées, 2010.

Pages de terreur, roman d'épouvante jeunesse, éditions
Z'ailées, 2010.

Mes parents, des monstres ?, roman d'épouvante jeunesse,
éditions Z'ailées, 2011.

SAM, novella d'horreur, dans Agonies, collectif, éditions
La Maison des viscères, 2011.

Les couloirs de l'éternité, roman de science-fiction, éditions
Porte-Bonheur, 2012.

Les têtes volantes, roman d'épouvante jeunesse, éditions
Z'ailées, 2012.

Nocturne (réédition), roman d'horreur, éditions
Porte-Bonheur, 2012.

Horreur en 3D, roman d'épouvante jeunesse, éditions Z'ailées,
2013.

La légende de McNeil (réédition), novella fantastique, éditions
Les Six Brumes, 2013.

Titres de la série

SUR LA ROUTE

www.seriesurlaroute.com

Dans la série *Sur la route*, certains lieux existent alors que d'autres sont totalement fictifs. Toute ressemblance avec un fait ou une personne vivante ou décédée est fortuite et ne pourrait être que le fruit du hasard.